KB142592

하얗게 말려 쓰는 슬픔

김선아 시집

서정시학 시인선 196

서정시학

사랑도 울음처럼 오래 사용하다 보면
때가 진다 하였으나

날 위해 흘려준 당신의 눈물 끝자리에는
늘 꽃잎 두엇 하늘거린다.

— 「닳아지지 않는 게 있다」 부분

서정시학 시인선 196

하얗게 말려 쓰는 슬픔

김선아 시집

서정시학

시인의 말

손톱 끝에 별 몇 알 싸매두었네.
희로애락이 꽃으로 피어나는 어느 하루 있을 것이네.

그날이 언제일지 당신에게 묻지 못했네.

2022년 여름
김선아

차 례

시인의 말 ǀ 5

1부

나의 편애 ǀ 13

싱싱한 혀를 꿈꾸다 ǀ 14

겨울 마라톤 ǀ 15

모래시계 ǀ 16

떼창 ǀ 18

사막 ǀ 19

쾌청 ǀ 20

23번 국도 ǀ 21

2박 3일 ǀ 22

발칸 여행 ǀ 24

난리 블루스 ǀ 26

시베리아 횡단 열차를 타고 ǀ 28

바이칼 ǀ 30

저, 그, 이 ǀ 32

하늘에 닿으려는데 ǀ 33

수도水島교회 ǀ 34

2부

탁해지지 않는 게 있다 | 37

비천飛天 | 38

얼음 혀가 말랑말랑해졌다 | 40

별똥별청淸 | 42

거울 속의 거울 | 44

슬픔을 쪼개주는 이 있었으면 좋겠다 | 46

털목도리꽃 | 48

당신 손을 놓았을 것이네 | 50

말줄임표 | 51

동백, 지다 | 52

첫 키스 | 53

아, 단 하루만이라도 | 54

그 새의 창법 | 56

그림자 스타일 | 58

형, 곧 환승역이야 | 60

살구꽃 | 62

3부

입동 | 65

처방 | 66

금일참회今日懺悔 | 68

운판 | 70

눈물장葬 | 71

가을 산행 | 72

숨겨둔 말 | 74

몸이 아픈 날 | 75

물타기 | 76

발광發光하겠습니다 | 78

계좌이체했습니다 | 80

사춘기 | 81

미제레레(Alleri, Miserere) | 82

문자 주세요 | 83

오늘의 날씨 | 84

11월 그믐날 별 | 85

4부

주먹 세계 | 89

봄날이 갔다 | 90

침묵의 약효 | 92

가을을 읽다 | 93

궁리하는 작별 | 94

맛있는 환청 | 96

화무십일홍 | 98

이명 | 99

나의 자본주의 | 100

국수 | 101

행복한 채식주의자 | 102

행인 1 | 103

얼룩말 | 104

헛바람 | 106

새벽 4시 | 107

마침표를 찍었다 | 108

수국 몇 다발 샀어요 | 110

결, 기승전결 | 112

해설 | 구체성의 세계를 향한 싱싱한 감각들 | 한영옥 | 114

1부

나의 편애

빽빽하던 모래가 회오리친다. 고비사막도 뿌리치고 싶은 육신을 지녔음이 분명하다. 태풍 바비에 이어 마이삭이 몰려온다. 하늘도 칙칙하고 둔한 찌꺼기를 울컥 비워낸다. 사마귀에겐 먹어치우기도 하고 먹히기도 하는 그 공허의 순간이 화양연화다. 죽었다 깨나도 패대기칠 수 없는 이 풍진 세상이라니. 영혼 속 내장, 똥 다 발라내어 끓이는 멸치 육수 같은 육탈의식을 나는 특별히 편애한다.

싱싱한 혀를 꿈꾸다

내 노래는 미완성. 내 혀는 비눗방울. 혀 속에서 우글거리는 거품은 흉몽이었다. 목숨이 흙에 파묻혀도 진실을 노래하는 자의 혀는 끝끝내 성성할 거라던 옛이야기를 먼 폭포에 가서야 확인했다. 깊은 산속 폭포수의 혀는 성성하였고, 거침없는 진성眞聲으로 내 혀의 흉몽을 큰북 치듯 쳐댔다. 마침 폭포수 뒤편에 둥지 튼 붉은깃찌르레기 소리 나지막이 들려왔다. 붉은 깃의 그 새소리는 먼저 진심을 내밀고, 다음엔 심장을, 그다음엔 혀 내밀기를 반복하며 곡조를 완결해가고 있었다. 다음 또 그다음 생의 진심까지 빌려와도 여전히 허탈한 가성假聲이고 비눗방울인 내 혀는 언제쯤 그 완결본의 진실을 알아챌 수 있을까.

겨울 마라톤

대꼬챙이 같은 새 다리의 힘으로, 깃털의 힘으로 겨울새는 난다.

가느다랄수록 덜 춥고, 가벼울수록 덜 허기지겠지.

겨울 마라톤의 암호를 해독한 겨울새.

전생에서부터 나눠 마실 물통 깨졌는데

구만리장천 그 풀코스의 쓴맛을 완주할 자는 오직 자기뿐이라는 듯

모든 무게의 제로 지점, 허무를 찾아 겨울 하늘을 유장하게 난다.

추위도 허기도 혼몽해져가는 겨울새

허무의 무게를 가늠하며 반환점을 돈다.

모래시계

보물에 홀린
유랑

길
잃을까 봐

한 줌씩 흘린
죄를

피를
누가

자꾸
덮어 주었다.

아,
내 피주머니

멀었다

고비사막.

떼창

철없이 왜 이리 굼뜬 거냐. 지청구 듣던 어린 재두루미 난기류 속에서 길을 잃고 울먹입니다. 검독수리 한 마리 그런 재두루미를 콕 집어삼킬 듯 시베리아 어디에서부터 맹추격해오다 그만, 철원 비무장 지대쯤에서 혼비백산하여 멀어집니다.

뚜룩 뚜르르 뚜루 뚜르르

철원 비무장 지대는 강력한 자력磁力의 본적지인가 봅니다. 엄동설한과 청천벽력이 서로 껴안습니다. 꺾인 날개와 까진 발톱이 서로 포갭니다. 두려움 없는 재두루미의 떼창 소리 요란합니다.

뚜룩 뚜르르 뚜루 뚜르르

사막

늙은 낙타의 털이 살가죽과 한목에 주르륵 벗겨지고 있었다. 울음소리도 함께 벗겨지고 있었다. 벗겨진 울음소리의 행방은 모래알. 그 모래알을 새끼낙타가 혀로 살살 핥아내고 있었다. 새끼낙타 종아리 힘 풀려 무릎 꿇게 될까봐 그 벗겨진 울음소리는 속으로 하나, 둘, 셋, 단전의 힘까지 끌어모아 숫자를 세기 시작했다. 아홉쯤이었을까. 모래알과 모래알 사이 커커이 쌓인 사막을 새끼낙타가 등짐처럼 지고는 불끈 일어섰다.

언제부터인가 사막에서는 생살 다 드러난 울음소리를 검은꼬리사막딱새 앞에 던져줘도 먹지 않는다 했다.

쾌청

　경상도 어디에서 국밥집 한다는 부부가 몽골 여행에 왔습니다. 여행 내내 그 남자는 소 잔등 같은 여자 손을 꼭 잡고 다녔습니다. 버스에 오를 때는 '저 푸른 초원 위에' 같은 트로트를 구슬프게 불러제꼈습니다. 좋다, 잘한다, 손뼉까지 치며 그 여자는 어미 소 울음 같은 추임새를 넣곤 하였습니다. 색안경이 필수인 눈부신 여행지이긴 하였지만, 그 남자의 시력과 그 여자의 청력이 쓰고 있던 색안경 덕분에 초원의 빛은 한층 쾌청하였습니다.

23번 국도

　먼 불빛이 어둠의 손 꼭 잡고 도로를 무사히 건넌 곳마다 포스트잇이 붙어 있었다. 소슬소슬 갈바람 불어오던 그날 밤, 포스트잇 하나 후드득 뜯기는 소리 들렸다. 아찔했다. 어미 어둠이 뱃구레를 움켜쥔 채 쿨럭쿨럭 숨을 몰아쉬고 있었다. 소스라치게 놀란 달빛 달려와 형광 사인펜으로 그 자리에 동그라미 쳤다. 그리고는 곧 심폐소생술을 시행했다. 삼각대를 설치한 별빛은 넓은잎구절초 꽃잎으로 산실을 마련했다. 그 순간 맑고 깨끗한 이슬이 비쳤다. 이슬의 새끼들 환생하는 동안 꼭두새벽은 넓은잎구절초 잎사귀 오려 포스트잇 마흔아홉 장을 만들었다.

　나는 23번 국도에 부착된 포스트잇 마흔아홉 장마다 쓰여 있는 글귀를 차마 읽지 못했다.

2박 3일

첫째 날

안개 짙게 깔린 여수엑스포역 광장이었습니다.
콘크리트 바닥에서 시름시름 앓던 꽃말은
아픔을 반절로 뚝 분질러 줄 붉은 꽃말이 그리웠습니다.

둘째 날

여수 밤바다에서 휘황한 조명발에 넋을 빼앗겼습니다.
애인처럼 확신처럼 우리를
눈부시게 하던
그 불꽃은
불 냄새나지 않는 모르는 꽃말이었습니다.

셋째 날

물결 켜켜이 껴입고도 오들오들 떠는 꽃말이
저편 절벽 암자에서 흐느끼는 꽃말과

가슴 서로 물들이며 불꽃을 주고받는 사이였습니다.

아픔은 분지르는 것이 아니라 태우는 것이었습니다.

어둠을 켜켜이 껴입은 추위 속에서
동백꽃 같은 불 냄새 훅 올라오는 꽃말이 다시 그리웠습
니다.

발칸 여행

발칸 잘 다녀왔느냐 묻기에
사진 몇 장 찍다 왔다 얼버무렸다.

그러나 나는
어떤 국경이 더 이국적이었는지 스카프를 골라 복면처
럼 둘러봤는지
어느 성벽의 포즈가 더 멋졌는지
잊었다.

셀카를 뽑아 들고
아드리아해를 배경으로 빨간색 지붕과 내 두 눈을 정조
준했던 일
잊었다.

시가전이 치열했는지 탄흔이 고스란히
남아 있었다.

유달리 하늘을 향해 높이 자란 사이프러스가 줄지어
서 있었다.

벼랑에 매달린 공중 수도원에서 때마침 종이
울리고 있었다.

밧줄을 타고 내려오는
그 소리 하나 담아 왔을 뿐이었다.

난리 블루스

그 여자와 목발의 그 남자가 셀카봉을 들고 있다.

별난 각도를 찾아 개구리 뒷다리처럼 폴짝, 폴짝
물새처럼 너울, 너울
제각각 폼 잡느라 난리 블루스인 바닷가에서

그 여자와 그 남자는 영 각이 서지 않는다.

바람이 불자 목발이 흔들, 흔들
셀카봉이 덜렁, 덜렁
서러움끼리 죽을힘을 다해 흔들과 덜렁을 당겨보지만

수평선이 제 몸 길게 풀어
그 여자와 그 남자의 뒤뚱거리던 허방을 받아 제 허리에
감는다.

예각, 엇각, 둔각이 뒤엉킨
억세고 뻣뻣한 피딱지 내 안의 주상절리도

목발처럼 휘청거리다 큰대자로 눕는다.

수평으로 몸과 마음을 맞춘 후
멋쩍다는 듯 두 팔을 수평선 높이로 들어올리며

웃, 어, 요

카메라가 외친다.

시베리아 횡단 열차를 타고

산업도로 매연대로 14길 버짐나무가 나의 거처였으니

사랑처럼 신중하게 고른 하트 무늬 잠옷도 잿빛
딸기 머핀도
눈물도 하필 잿빛

잿빛 눈물을 줄여 부르면 잿물

몹쓸 짓을 삶아주면 착하게 살 것 같아
허위마저 순백의 홑이불로 되살아나 청량해질 것 같아

잿물은 시베리아 횡단 열차에 올랐다.

폭설 입국장
의심 많은 검색대는 내 트렁크를 지목하더니
없다, 없다 하면서 거꾸로 들고 흔들어댔다.

눈꽃 한 송이가 전 생애인 사람은

1번 게이트로 직진하라는 안내방송이 흘러나왔다.

순수에 물들지도 못하고
외롭고 치명적인 일탈도 놓치고
잿물은 너무 오래 버짐나무였던 것

불순물 신분은 13번 게이트에 대기하라 했으나
출입문에 손잡이가 없었다.

잿물만 줄줄 흘러내렸다.

바이칼

몇 광년인가 떠돌던
불빛들 그 과녁에 다 박혀 있었다.

몇몇 해를
고비사막으로
로키산맥으로
몽골초원으로

외롭지 않으려는 망설임처럼
슬프지 않으려는 돌파구처럼

기진맥진처럼 돌풍을 꿍꿍 뭉쳐 가방에 넣고 다니다
그 과녁과 대면하였다.

고작 60여 년의 번민과 방황은
한 점 물방울보다 더 하찮은 감정일 텐데
격렬한 돌멩이들
켜켜이 눈시울에 매달고 다녔으니

그곳에서 몸살이 났다.

사포인 듯 바이칼 물결에 눈시울 팍팍 문질러도 좋은지
어긋나도 상관없으니
아주 잠깐만
돌멩이 하나
그 과녁의 수심을 향해 날려도 되는지

꼭 다시 오겠다 말했다.

저, 그, 이

저기 먼 데에서 보면 꽃밭
거기쯤에서 보면 꽃송이
여기에서 보면 가시

저기, 감금되고 싶은 공중. 훔치고 싶은 고독의 마을. 거기, 먼 이국 봉쇄 수도원의 묵언이 환청처럼 들려왔다.

벼르고 별러 여행사에 입금했다.

메테오라 공중 수도원 가는 길, 중간 지점부터 긴 차량 행렬로 막혔고, 인파는 광화문사거리 광고판같이 소란했다.

내 우울까지 합세하여, 광화문과 공중 수도원 간 직통도로를 뚫은 것 같았다. 심장이 콕콕 쑤셨다.

저곳은 간절함
그곳은 환상
이곳은 신음

나는 어디에 서 있는 것이냐?

하늘에 닿으려는데

너울성 파도 가파르다. 허공도 휘청한다. 급박해진 봉두난발 내 비열, 표나지 않게 너울과 너울 사이에 꼭 끼워저 멀리 떠나보낼 수 있으려니 했다. 아수라에 푹 파묻혀 살아왔던 내 갈망, 던져버리면 수평선 너머 하늘 끝까지 쓸려가려니 했다.

그런데 그 너울 나를 향해 달려들며 웬 욕심 그리 많냐며 소금 한 가마니 쏟아놓고 또 쏟아놓곤 하는 것이었다.

수도水島교회

바닷가 끄트머리

담벼락에 유채꽃 몇 포기 살랑거리는

30년 넘는 동안 교인 할머니들 다 떠나시고 한 분만 남아

예배시간이면

그, 그의 아내, 꼬부랑 할머니 이렇게 셋이 밥 먹는다는.

2부

탁해지지 않는 게 있다

눈물은 울음 속에서 탁한 소음 일어내는 옹기 자배기라 하였으나

헛꽃 솎아내느라 부리 부딪는 물까치떼 소리 가파르다.

돌탑에 낀 한여름 밤의 꿈 손빨래하는 가을 빗소리 시퍼렇다.

은줄팔랑나비 꽃잎 작은 상처 어루만지고 날개 접는 소리 그윽하다.

사랑도 울음처럼 오래 사용하다 보면 때가 낀다 하였으나

날 위해 흘러준 당신의 눈물 끝자리에는 늘 꽃잎 두엇 하늘거린다.

비천飛天

모래알에는 하늘이 보내준 메시지 새길 곳 없지

모래알 같은 세상이란다

용서는 외줄 타기를 즐기고 화해는 작두 타기에 몰입하
느라 아슬아슬한 세상이란다

아찔한 모래폭풍을 핥아주는 달의 혓바닥

사막여우의 울음까지 핥느라 짧아진 혓바닥, 그 길이는
재어 보았느냐

달의 혓바닥만 걸터앉을 수 있게 설계된

삼천 배拜의 무게를 견디는

꽃아

세작細雀 같은

혀짤배기꽃아

앉은뱅이꽃아.

얼음 혀가 말랑말랑해졌다

내 말뜻이 고드름처럼 한사코 쩌릿쩌릿했는지

아랫입술 내밀어 윗입술 기다렸으나
얼음 입술, 얼음 혀에 놀라 연애가 뒷걸음질쳤다.

오른 가슴 열고 왼 가슴을 불렀으나
뛰어오던 연애가 두꺼운 빙벽에 부딪혀 미끄러졌다.

절친인 절망에게 연애를 빼앗겼다.

입술은 연애의 깊이를 재는 체온이었다.
미안하다,
울었다.
얼음 혀가 말랑말랑해졌다.

빙벽 문고리는 심장에 불길 들일 줄 아는 사람 거였다.
잘못했다,
크게 울었다.

겨울눈이 빙벽에 몽글몽글 맺혔다.

이번 연애는 쾌청할 것 같다.

하늘에 겉돌지 않게
감천의 시간이 보들보들해질 때까지
내 멱살 틀어쥐려다
울었다.

별똥별청淸

편지도 열차도 무지개도 없는 나는 암흑이었습니다.

달콤한 나를 갈망하던 애인이
한꺼번에 각설탕 열 개씩 넣어 휘젓곤 했습니다.

건초더미 같던 연애가 새콤달콤하게 발효되기 시작했습니다.

애인은 내 원피스에도 지갑에도 책에도 별에도
설탕을 자루째 쏟아부으며

재넘으면 안 돼
우울 한 방울이라도 빠뜨리는 날에는 발효액 흘러넘치고
우리 관계는 모두 끝장나

문짝에 못질하듯 눈물을 금지했습니다.

여름밤 산책길에서 애인이

나를 달콤한 바닐라라테처럼 맛보는 동안

별똥별의 부음 소식을 들었습니다.

별빛이 눈물 뚝뚝 흘리며 우는 거 처음 보았습니다.
사랑과 진심이 잘 발효된 빛깔
별똥별청이었습니다.

애인과 깍짓손 끼고 밤새 속삭였지만
나는 영영 슬픔을 말하지 못했습니다.

거울 속의 거울

종양 수술을 받으러 가는 길이었다.

평생 삼킬 수 없던 곡조 하나 심장 끝에 꿰매달고 있었는데

그 곡을 무한 반복 연주하는 맹인 악사를 만났다.

병원 입구였다.

그는 무간 나락을 두 눈 속에 가두고는

아주 조금씩 일렁이는 물빛으로 그 화염을 식혀주는 주법의 악사였다.

이제 전신마취의 시간,

안개비 같은 그 선율

수술받는 내내 틀어봐 달라고 간호사에게 부탁했다,

내가 가장 공들여 씻고 온 심장을 내밀며.

슬픔을 쪼개주는 이 있었으면 좋겠다

이를테면 가슴 혹 떼어내고 봉합한 7㎝ 흉터에
다시 재발한 3㎝ 혹 같은

넝쿨성 슬픔을 지고 가야 하나 안고 가야 하나

참으로 기막힌 말문들
쪼개고 나누고 다발로 묶어내는
분업 방식을 고안해낸 재주 많은 이 있었으면 좋겠다.

대학병원이 있고
고별, 고독, 고통이 있고
그 앞앞마다 화환 즐비하지만

이를테면 생사의 폭발이나
슬픔의 블랙홀을

잔치국수처럼 가늘게 뽑아 누구나 한 젓가락씩 먹기 좋게
알약을 꽃향기처럼 흡입하기 쉽게

육개장 속 쇠고기만 하게
슬픔을 찢어주는 손 빠른 이 있었으면 좋겠다.

털목도리꽃

잎 먼저 만개하는 꽃보다
가시 먼저 곧추세우는 꽃보다
화염 뚫고 피어나는 꽃보다

내가 가장 좋아하는 꽃은
큼직한 꽃무늬 넣어 당신이 폭신하게 짜주는
엄동설한꽃.

외딴섬 구석방 같은 비릿한 마음일 때
그만 살고 싶어질 때
입김과 입김이 맞닿으면 한 5도쯤 따뜻해진다 했으니
사랑과 사랑이 합체하면
70도 넘게 후끈해질 것 아니겠는가.

횅한 목덜미에 털목도리 느슨하게 한 번 감으면
살맛이 그리움만 해지고
불꽃에 얼추 가까워지지 않겠는가.

다 식은 사랑에서 제 살 뜯어낸 낡은 실오리로

다시 짜면

새뜻하게 돋아나는 불멸의 꽃.

당신 손을 놓았을 것이네

꽃의 비밀이 핏줄에 숨어 있었네.
내 몸속 핏줄은 지구 두 바퀴 반
당신 손을 잡으면 지구 다섯 바퀴
당신과 빙글빙글 돌자 했네.
수많은 꽃이 핏줄 속에서 피었다 지곤 했네.
울그락꽃 불그락꽃 푸르락꽃
때로는 노르락꽃
웃음꽃
열꽃
헛꽃
다만 그 꽃들의 비밀을 경청하다 처연해 했을 뿐
지구 다섯 바퀴 그 길에
빨간 장미
노란 수선화
혹은 파란 달개비
한 가지 꽃으로 무성했다면
왔던 길을 후회했을 것이네.

당신 손을 놓았을 것이네.

말줄임표

—첫눈이 와요

탁탁, 다섯 자도 버겁다며 어깨를 털어낼까 봐

—보고 싶어요.

이 말도 진부해서 삭제했어요.

그저, 씨앗 다섯 알 고르고 골랐어요.

• • • • •.

동백, 지다

만석滿席의
천둥에도
꿈쩍 않던

정이월

긴 머리
자르는
첫 가위소리에

한 점
별빛 쪽으로
고꾸라진다

새빨간
종
소
리.

첫 키스

꽁꽁 뭉쳐진 매듭을 풀 땐 키스가 직방이다. 엄동의 쇠사슬 끊어내는 드릴처럼 감동 없이 소리만 요란한 키스, 염화칼슘 몇 포대처럼 몸만 달구는 키스는 겁 많은 우회도로 같다. 결빙의 시대에, 빙벽 북사면을 설득할 해빙 의식은 첫 키스의 감촉만 한 게 없다. 겨울나라를 해방시키는 일은 무림 최고수의 검법과 통하고, 첫 키스의 서사를 지녔다. 그 나라 비밀 목록에 다 나와 있다. 복수초가 좁쌀만 한 혀 내밀면, 냉혈의 내가 먼저 그 혀 받아들이고 싶다. 첫 키스의 행적마다 내 혈액이 찍혀 있을 것이다.

첫 키스의 상대는?

복수초 꽃대 고개를 살짝 돌린다.

아, 단 하루만이라도

어떤 핏물 헌정해야

아름답게 번져오는

저녁노을

꺼트리지 않을까요.

아, 단 하루만이라도

어떤 슬픔 꺼내야

거대하게 밀려오는

어둠

씻어낼 수 있을까요.

당신 곁에서

나는

색약을 자꾸 풀어놓습니다.

그 새의 창법

터키 성소피아 사원 카페에서
검정 차도르 여인이
턱을 괴고 연인의 눈을 들여다보고 있었다.

문득 먹빛 스카프가 흘러내리자
봉인된 가슴, 봉인된 허리, 봉인된 발목에서
무섭게 흘러나오는
무지갯빛 폭발음

동굴 깊이 숨겨왔던 사랑의 절박 앞에서
그 검은 새의 깃털은 한없이 찬란해진다 했으나

그녀는 출구 없는 용암이었던 것일까
형형색색의 음역대를 위하여
오직 검정 차도르식 창법을 선택할 수밖에 없었을 것이다.

사랑을
키스를

반짝이는 두 눈빛만으로 결판내야 하는

검은 새

어느새 바닐라라테를 받아들고
연인과 팔짱 끼고 성소피아 사원을 빠져나가고 있었다.

그림자 스타일

내 연애는 미친 듯이 그대에게 꽉 붙박여 있는
그림자 스타일이야.

부안 소산리 민무늬토기의 볍씨 무늬처럼
죽은 사랑에게 밥 한술 떠 넣어주고 싶은 절망의
문신형 그림자

말고

땡볕 허허벌판에서 널찍하게 그늘막 펼쳐주며
기뻐하는 양떼구름 같은
위안형의 그림자

말고

다리 없는 발, 몸통 없는 날개, 용서 없는 죄
숨통도, 입구도

없는

오로지 그대의 함정에 착 달라붙어서
썩을 속을 뒤적이며 기함하며

내 연애는 밤하늘에 틀어박힌 별 같은
그런 그림자 스타일이야.

형, 곧 환승역이야

대학에 자퇴서를 낸 형이 한강철교를 건널 때 무지개를
봤으면 해.

빙벽 능선에서 남풍을 만나 함께 동행할 만한 기다란 의
자가 무지개였으면 해.

다리 넷이 푹푹 빠져드는 늪이어도 심장을 꿈틀거리게
하는

그 꿈, 틀,이 형이 든 가방에 들어차 있었으면 해.

형, 곧 환승역이야.

풀린 운동화 끈 다시 조여 맬 굵은 손마디 같은 의자가
그 역에 있었으면 해.

갈아탄 그 지하철 다다음 역쯤에서 의기소침한 형 앞에
빈자리 생겼으면 해.

아니, 지금쯤 형과 무지개가 그 자리를 서로 양보하는 중이었으면 해.

살구꽃

드잡이할까
박살낼까
미행을 붙일까
모르는 게 약인데

파볼까
덮을까
열불나 죽겠는데

전모를 폭로하듯
제풀에
비밀패턴 풀어헤친

살구꽃 언덕.

3부

입동

춥네.

고공 항로에서 벗어난 겨울새 얼어붙은 강바닥에 다급히 내려앉네. 온종일 그 깊은 얼음장 두드려대고 있네. 빨 알간 부리로 한 뼘 얼음장 녹여내고 있네. 얼비치는 그 모 습을 겨울 강은 물끄러미 바라보고 있네. 그러다가 제가 기르는 물고기 한 마리 내어주고 있네. 아픈 새끼 병구완 어서 마치고 구만리장천 훠얼훨 날아가라고 물고기 또 한 마리 슬쩍 내어주고 있네.

겨울 강의 숨소리,

깊네.

처방

기다림의 실체는 초당 몇 번씩 천당과 지옥을 왕복하는
비밀.

어릴 적 잃어버린 줄 아셨나요.

오색풍선들이 유방 속에 여럿 박혀 있어요.

꺼내어 먼 하늘로 돌려보냅시다.

의사의 처방이었다.

화사한 무지개를 당차게 분절할 줄 아는 비바람의 감성

맑은 이슬 몇 점 재빨리 유실할 줄 아는 햇살의

감성이여.

내 몸속 어디에도 없는 감성의 궁핍이여.

오색풍선들이 허욕 속에서 심하게 아팠구나.

아픈 풍선을 영영 놓치러 가야 할 몇 초간의 기다림은

오히려 황홀하리.

금일참회 今日懺悔

북극곰 송아지 아침이슬 장미꽃 독수리 산들바람 개여울
오아시스
이 무구한 생명들이 복면을 했습니다.

이제 막 옹알이를 시작한
아가용 마스크를 바라보다 숨 턱턱 막혔습니다.

풀꽃마저 제 입을 봉한 채 피어야 하는
천형의
땅,

오늘 밤엔
북극성이 마스크를 쓰고 등장할까 두렵습니다.

거짓과 공허와 험한 생각이 분리수거 되지 않은
내 비밀 일기장에서 잔기침이 마구
튀어나옵니다.

때마침 마스크 업계가 호황이라니

구업口業 제대로 관리 못한 내 입이나 어서 열 겹 마스크로

틀어막아야겠습니다.

운판

새 한 마리

산문에 드는데 배춧잎 하나 떠내려왔습니다.

절간에서 마음 자락을 저리 흘려보내다니

발길을 돌려야 했습니다.

그걸 보고 헐레벌떡 뭉게구름이 달려와

배춧잎을 건져갔습니다.

그 구름 속으로 날아오르는 점 하나

하늘 가장자리에 보였습니다.

눈물장葬

풍랑과 산호초와 레몬상어와 얽히고 싶지 않습니다.
엄나무 뿌리와 잎사귀와 가시와 얽히고 싶지 않습니다.
사하라와 전갈과 단봉낙타와 얽히고 싶지 않습니다.
월식과 카시오페아좌와 블랙홀과 얽히고 싶지 않습니다.
릴케와 죄와 벌과 부처와 얽히고 싶지 않습니다.
청개구리와 밤길과 홍수와 얽히고 싶지 않습니다.
미칠 듯 애절하던 사랑과 얽히고 싶지 않습니다.
망망대해가 좋다는 말 수정하겠습니다.
첩첩산중이 두렵다는 말도 수정하겠습니다.

뼛가루는 바람에 뿌려달라는
가소로운 망상 명부전에 내려놓겠습니다.

그저 여럿이 서로 닦아주는 눈물만 믿어보겠습니다.

가을 산행

십수 년 병수발 해오던 가족을 얼마 전 떠나보낸 친구와 동행했다.

가을 산은 뭘 바라고 이리 핏물에 젖을 때까지 애면글면 뒤치다꺼리했을까.

저 핏빛 좀 봐.

아냐, 형형색색 무지개야.

친구는 십수 년의 고통을 무지개라 했다.

아픔을 서로 밀었다 당겼다 할 사람 있어야 뼛속까지 무지갯빛으로 물들 수 있어.

가을 산이야말로 무지개를 차곡차곡 쌓아 올려 불태우기 최적의 장소야.

하얗게 말려 쓰는 슬픔

지금은 꺼진 불씨를 한 번 더 덮어주는 하산의 시간

아 참, 우리 무지개 몇 장 책갈피에 끼워올 걸 그랬나 봐.

숨겨둔 말

짐승의 날카로운 이빨로 꽃모가지 자른 적 있었네. 핏물 번진 그 자리에 꽃잎 두어 장 남아 있다면, 그 꽃잎 만 평으로 넓혀 짐승이었던 내 마음 묻어놓고 꽃아, 용서해라 외칠 것이네.

짐승의 손아귀에 머리끄덩이 잡혀 머춤한 날 있었네. 내 고통에도 만 평의 꽃잎 들일 수 있다면, 거기 끈질기게 출몰하는 짐승의 색깔 연해질 때까지 물주며 짐승아, 따뜻하게 불러볼 것이네.

아직 당신에게는 말 못 했지만.

몸이 아픈 날

어둠 꺼뜨리는 방식으로 함박눈은 내리고

내 안의 불 꺼뜨리는 방식으로 내가 울고

몇천만 번 울음 참아야 내 불꽃의 스위치 복구될까

격랑 꺼뜨리는 방식으로 수평선은 흔들리고 흔들리고.

물타기

어느 봄날의 실화입니다.

혹시나
라는 이름을 가진 연분홍 꽃나무를
혈액에 담가놓고
무럭무럭 자라기를 바랐는데
근심 많고 눈물 많은
넝쿨장미로 훌쩍 커버렸습니다.

가시덤불에 갇힌
혹시나
는 회색늑대처럼 컹컹 울부짖다
황량한 사막이 되어갔습니다.

여름, 가을이 가고 겨울이 와도
봄날의 근심과 눈물이 끓어 넘쳤습니다.

혹시나
의 뚜껑을 열자 거기 밑바닥에

졸아든 조청처럼
역시나
가 가시옷 가시신발 가시모자 집어 들고
끌탕하고 있었습니다.

끌탕은 흔한 병이라고
의사는 냉수 마시기를 권했습니다.
졸아든 탕국엔 맹물이 특효라 했습니다.

발광發光하겠습니다

요란한 울음판이 생을 완결한다지요.

절명은 사랑의 자초지종을 울음소리로 가려낸다지요.

맹세코 무지했습니다.

울음소리를 못 들은 채 덜컥 별세하는 사물들 앞에서

몸서리 처지는 미완 앞에서

용서를 구하듯 발광發光하겠습니다.

고성능 귀를 달아주겠습니다.

지는 꽃이여,

지는 꽃의 귀는 울음소리인지 춤인지 노래인지 구분 못
한다지요.

울음소리를 끝내 3박자의 춤곡으로 경청하던 꽃이여,

남쪽 귀에 든 곡조를 북쪽 귀로 조금만 흘려주십시오.

그 울음판 위에서 빙글빙글 춤을 추며

나는 더 발광하겠습니다.

계좌이체했습니다

탄환에 치명상 입은 기린 한 마리 기어이 사하라에서 숨을 거두었습니다. 황혼 무렵이었습니다. 기린들이 하나씩 둘씩 그 주검 앞에 모였습니다. 그리고는 고개를 깊이 수그렸습니다.

그 신기루 속으로 문상 가고 싶었습니다.

그때 카톡이 울렸습니다,

지인의 별세 소식과 함께 계좌번호가 떴습니다.

사춘기

    종로4가 먼 친척집에서 중학교를 다닐 때였습니다. 하숙이라 말씀드렸으나 선생님은 굳이 가정방문을 오셨습니다. 후에야 알았습니다. 그곳은 홍등가. 마침 주인아주머니는 외출 중이어서 복숭아를 예쁘게 깎아내 온 건 아래채 경이 언니였습니다. 조그마한 복사꽃 빛깔 무릎 앞에서 선생님 손등은 점점 붉어져갔습니다. 여름방학 무렵, 선생님이 건네주신 편지를 경이 언니에게 건네자, 편지의 분홍빛 물감이 스르르 번져 내 하얀 치마에까지 옮아왔고, 하필나는 그날 그 하얀 치마에 초경을 쏟았습니다. 그러자 경이 언니는 안절부절못하고 흐느끼는 내 초경을 삶아 하얗게 말려주었습니다.

    슬픔이란 삶아서 하얗게 말려 쓰는 것임을 그때 알았습니다.

미제레레(Alleri, Miserere)

　사춘기 때, 365일 하루도 거르지 않고 손편지를 받은 적
있었어요. 서른 즈음에 절명했다는 그 사람 소식을 이순도
한참 지난 엊그제서야 들었어요. 두 팔 힘껏 벌려 흩날리
는 꽃잎 잡으려 한 생을 다 썼는데, 이제야 오그린 두 손에
한 잎 담았습니다.

문자 주세요

은하수 한 번 더 정수해 탕국 끓였습니다.

달빛 한 번 더 곱게 채 쳐 덮밥 지었습니다.

별빛 몇 뿌리 다듬어 들기름 넣고 무쳤습니다.

세세 광년 그 후까지 가스불 조금만 켜두겠습니다.

오늘의 날씨

　　　―별을 따다 드리리

　　청춘의 날씨는 미상. 그 사람이 별을 안겨주는데 내가
못 받으면, 별만 보내오고 하늘이 그 사람 놔주지 않으면,
아니, 별이란 아예 없는 존재라면, 어쩌나.

　　어제의 날씨는 함박눈. 눈 떠보니 별천지였다. 별무리
를 안은 그 사람이 현관문 앞에 서 있었다. 느닷없이 불어
오는 신선한 바람이었다. 그러나 내 기후는 진흙탕이었으
니 그 별 더럽혀질까 봐, 내내 서러웠다. 내 기후가 무진
안개로 변하여 별 부옇게 허무해질까 봐, 그렁그렁 울었
다.

　　오늘의 날씨는 아찔함. 천국이든 지옥이든 별과 함께 동
행할 운세였으나, 날씨를 다 써버린 지금, 주술 풀린 듯 나
와 그 사람 사이는 어둡고, 거짓처럼 노랫말 첫 문장만 남
아 있다.

　　―별을 따다 드리리

11월 그믐날 별

평생 겪을 너의 슬픔 싹 쓸어갈 테니 보송보송한 깃털로 살아가렴. 심장이 온통 칠흑이던 열다섯 막내고모. 배고픈 여섯 살 내게 호박풀때죽 먹여주다가 그만 여분의 별빛까지 모두 내 핏줄에 부어주고는 새 한 마리 되어 먼길 떠나갔습니다만,

검정 비닐봉지 속 호박잎처럼 내 슬픔은 바스락거리며 메말라갈 뿐이었습니다만,

살얼음판 야반도주로로 내몰리던 그해 11월 그믐날, 하필 별빛 하나가 따뜻한 호박죽 한 공기 같았습니다. 신문을 보거나 시를 쓰거나 사람들과 부대끼는 곡절마다 나는 슬픔을 호박죽 새알심처럼 둥글려 쫀득하고 촉촉한 맛이 우러날 때까지 끓였습니다. 슬픔이 핏줄 속에서 맛있게 흘러가는 소리 느껴질 때까지 먹었습니다만,

그 새가 남겨주려던 보송보송한 전언은 잘 우러난 슬픔이었을까요. 꼭 11월 그믐날 별을 만나야겠습니다.

4부

주먹 세계

먼저 주먹 불쑥 내밀고 가위바위보 하자는 너에게
어떻게 속 보이게 보자기 내겠니.

그래 가위 냈지.

나도 땅문서에 도장 찍으라며 종주먹 내민 적 있었다.

봄날이 갔다

당신의 본명은 배추흰나비 별자리였으나
몸 벗어 놓고
날개 팔락이며 어디로 가는가, 물어보지 못했다.

봄이면 봄마다 절해에서 택배가 왔다.
별자리 세밀도
배추흰나비 날개 눈부신 무늬

나는 너무 아름다운 별자리는 읽어내지 못한다.
벗어 놓고 간 당신 몸만 자꾸 어루만지게 된다.

눈부신 별빛 마구 쏟아진다.
두 손으로 받아도
배추흰나비 별자리 이름 영 고이지 않는다.

나는 무얼 그리워하나
흰 무늬인가, 당신인가, 또 봄인가

여전히 나는 칙칙한 색깔 벗지 못했고
이제 택배를 풀어봐야지, 그러는 동안

흰색이 갔다.
봄날이 갔다.

침묵의 약효

유리벽의 투명에 갇혀 허우적대는 악몽을 꾼 적 있다.

어린 새 한 마리 교실을 통과하려다 방향을 잃었다.

한 아이가 문이란 문 모두 열어놓더니 책상 위에 납작 엎드리는 것이었다.

사방팔방의 유리창 수많은 투명에 부딪히며 푸드덕 놀란 새에게

침묵으로 길을 최대한 터주자는 것이었다.

신기하게도 투명보다 침묵 쪽에 오히려 빛의 뿌리 무성했다.

비상구의 화살표는 침묵의 끝에서 빛났다.

가을을 읽다

입매 조글조글한 가랑잎 하나.

탱글탱글 굴러가는 호두알을 쳐다보는 폼이

내달리는 총각 애의 튼실한 사타구니를 바라보는 것 같다.

어찌 한번 해보고 싶다는 생각보다

새끼 하나쯤 더 낳아보고 싶은 눈꼴이다.

숨소리 가랑가랑한 가랑잎 하나.

궁리하는 작별

작별은 별의 밝기를 새롭게 수정하는 작업입니다.

마지막 숨 힘겹게 몰아쉬는 햇살
잘게 쪼개지고 부서진다고
모두 어둠이 되는 건 아니고

낚싯바늘에 찢긴 햇살이든 날벼락에 혼쭐난 햇살이든
꽃가마 타던 햇살이든
그저 모든 뼛가루는 별이 되는 거라 생각했습니다만,

밤하늘에도 절망층 빈곤층 부유층 행복층
이런 삶의 징그러운 파편들이 존재하는가 봅니다.

신월동 지하 계단참에 내려앉아 보푸라기처럼 울던
생로병사 별
희로애락 별
죄책감 별
연민 별

침묵 별
속수무책 별

한 줌 거리도 못 되는 먼지 같은
너무 흐릿한 존재들

어찌해야 저것들 힘내어 또렷하니 밝아질까?

궁리하느라 무척 고단하고 분주했던
작별의 시간이
하마터면 그저 캄캄한 어둠범벅일 뻔했습니다.

맛있는 환청

달게 먹어주어 고맙습니다.

누군가의 먹잇감도 못 되고
몇 길 꼭대기에 앉아

세상을 내려다보다
그대로 썩어 문드러질 육신 될까 봐
겁났어요.

먹는 것이 남는 일이라지만
먹히는 게 더 남는 거잖아요.

대봉시 배꼽 위로 감꼭지 애벌레 꼬물꼬물 기어가요.
어린 까치 어느새 몸집 불었어요.

푹 익은 내 욕심 파 먹히는
자멸의 감촉
찬 서리 맞은 아슬아슬한 희열

맛있는 그 소리 환청이라도
귀 치료는 단념할 거예요.

화무십일홍

꽃 보면 무가내로 들이미는 사람들

수법도 가지가지

부릅뜬 카메라

비릿한 입 냄새

날렵한 손모가지

거울을 들여다본 적 없는 꽃은

제 얼굴인 줄 착각했을 거야

그래서 지는 걸 거야

저리도 시름시름 지는 걸 거야.

이명

    지구 한쪽 어디에선가 게르니카가 자행되고, 그 야만과 참혹을 누군가는 촬영하여 전시하고 판매하고, 또 누군가는 교양인의 안목으로 전시장을 찾는다. 폭발음 속에서 반쯤 찢긴 치마춤과 끝까지 아이를 놓지 않으려는 한 여인의 손등에 밴 핏발, 멀찍이 나동그라지고 짓밟힌 어린아이의 주먹만 한 신발, 숨 몰아쉬면서도 손가락 세 개를 꼿꼿이 펼쳐 든 청년의 어깨를 어루만지는 햇발. 그 처연한 발들이 클로즈업된 작품을 쓱 훑어본 나는, 전시장 2층 레스토랑에 앉아 노을이 잠드는 시간을 뒤적거리며 스테이크를 주문했다.

나의 자본주의

도시로 떠나왔던 중1
엄마가 등 밀어주던
대중탕을
난생처음 혼자 갔던 날
나의 자본주의는 무척 서러웠다.

수영복 여자 앞에
이층집 사모님같이 매끈한 여자들이 눕고
매니큐어 빨간 여자들이 눕고

끝끝내 오지 않던 순서
서러움의
끝

나의 자본주의는 늘 몇 블록 밖에서 얼쩡대기만 했다.

국수

시장통 할머니네 국숫집
불어터진 면발 같은 사내가
엉거주춤 앉아서
그릇을 비워내고 있었다.
다시 내어준 한 그릇도 허겁지겁 비워내고 있었다.
이윽고 허리를 한번 쭉 펴더니
두리번거릴 틈도 없이 냅다
내빼는 것이었다.

―뛰지 말고 걸어가. 다쳐!

할머니의 고함소리가 시장통에 울려 퍼지고 있었다.

행복한 채식주의자

으깨진 미꾸라지는
불판 위 삼겹살은
가마솥 영양탕은

먹지 않는다.

분쇄기에 낀 당근을
데쳐진 시금치를
밑동 구멍난 붉은 고로쇠를

먹는다.

모가지 댕강 잘린
장미 한 송이
식탁에 꽂고

먹는다.

행인 1

밥술이 살갑게 주문을 왼다.

회장님 사장님 마님 주인님 작가님 교수님 형님 아우님
조상님 별님 달님 해님 감독님 고객님 여사님 사모님 건물
주님 소장님 팀장님

혹서든 혹한이든
허구한 날
님 앞에 경배를 올리며 조아린다.

담벼락 맨홀 뚜껑 옆 상자에 뿌려진 상추 씨앗 같은
반지하 이부자리 속 벗지도 못하고 코 고는 양말 뒤꿈치
같은
어쩌다 검정 비닐봉지 채 쓱 내미는 참외 두세 알 같은

밥상이 따뜻하기를
영혼 끌어모아
님과 조율한다.

오, 하느님 부처님 아버님.

얼룩말

얼룩말 목장주는 얼룩말이 천상의 말이고
운명의 말이라며
높이 섬겼다.

구두를 고를 때
신문 기사를 읽을 때
아내에게 밥 달라 재촉할 때
시를 쓸 때

참말
헛말
꽃말까지 늘 흰색 상자나 검은색 상자에 나눠 담았다.

어느 날 얼룩말 목장에
복면의 무지개 말이 찾아왔다.

무지개 말은
눈 한번 깜박이면 비누 거품 쏟아내

3분 만에 얼룩말을 샤워시키는 전문가였다.

하얀 눈물 오른쪽은 다행이고 태양이라고?
검은 눈물 왼쪽은 절망이고 북극이라고?

초록 눈물
분홍 눈물
보라 눈물
서로에게 전신으로 공명하는 색깔들의 관계를
모른다고?

샤워를 끝낸 얼룩말의 흰 상자, 검은 상자가 덜컹거렸다.
뚜껑이 잘 맞지 않았다.
금기어가 살짝 보이기 시작했다.

헛바람

과대포장의 습성은 나도 모르는 사이에 내 기질이 되었다. 신작특집으로 조명받고 수상자로 유명 시인이 호명될 때면 그 시인의 번민, 고독, 불면의 눈물은 잊고 다만 불온한 생각을 앞세우기도 했다. 어느 봄날 문단 행사장에서 난생처음 셀카봉을 들고 단체 사진을 찍게 되었다. 작은 얼굴이 대세인 요즘 모두들 얼짱 각도를 골라 각자 선호하는 위치에 섰다. 그럴 때마다 내 얼굴이 크게, 설악산 울산바위도 가릴 만큼 크게 찍혔다. 큰 얼굴은 완전 내 취향, 기회였다. 새로운 장르, 얼짱 각도의 시詩가 유행할수록 나는 점점 헛물켜는 데 익숙해져 갔다. 개발새발 쓸망정 셀카봉 든 내 헛바람 시詩를 주목해 줄 세상이 올지도 몰라, 거기까지 생각하던 나는 독주 같은 재채기에 시달렸다.

새벽 4시

　불행을 막아보려 눈시울에 어둠을 가득 가둬 놓고 울지 않는다. 유독 눈밑점 검붉은 그 사람, 생이별 앞에서도 울음소리 철컥 묵음으로 잠근다.

　서러운 일 차고 넘치는 세상에서 온몸 허물며 울 수 없다면, 눈밑점은 이미 형벌이다. 양쪽 눈 밑에 사마귀 열 개쯤 매단 그 사람, 얼굴까지 검붉다.

　눈물점은 불행이 오랫동안 고여 있던 철심이다. 그 또한 검붉다는 것은 고비사막에서의 갈증이 눈물점 안에서 소용돌이치고 있다는 뜻이다.

　그 사람, 검붉은 소용돌이를 침묵으로 고해성사한다. 어둠 속에서 눈물점의 뚜껑이 잠시 열렸다 닫히는데, 그 소리도 전혀 안 난다.

마침표를 찍었다

너는 도대체 몇 명이니?
슬픔에게 물으니 가슴마다 동굴이
깊게 파였다.

승냥이 발톱뿐 아니라
산수국 꽃잎도, 값싼 향수도, 등 굽은 어머니도, 결혼반
지도
질병도, 영원도 모두
동굴이었다.
슬픔의 일원이었다.

비바람 부는 어느 오후
'빗소리도 고요도 슬픔'이란 간판이 보였다.
동굴 카페였다.

내가 너무 흔해.

커피잔을 슬픔이 뱅글뱅글 돌렸다.

커피 향도 동굴이 되는 오후였다.

동굴 문짝에 마침표 부적을 달아 놓으면
슬픔이 신선하고 특별한 존재가 될까
느낌표 팻말을 동원해볼까
강아지 꼬리 같은 쉼표를 앉혀볼까

음이탈 같은 침체기에 빠져 있는데, 편집장에게서 전화
가 왔다.

마침표를 뺄까요?

수국 몇 다발 샀어요

숫자 영과 닮은 꽃
수국 몇 다발 샀어요.

내 속셈을 나보다 더 새록새록 꿰뚫고 있는
영을 덧붙이면 충만
떼어내면 평화

영에도 격조라는 게 있을까
거짓의 색깔마다 어떤 맛이 꿈틀댈까 상상했어요.

올백으로 조작해
시장통에서 최고의 자랑거리 되었던 성적표는
분홍 꽃맛, 바로 그 맛이었어요.

영을 구로 꼬리 살짝 내려 얻은 실적은
보라 꽃맛
가격표에서 빼고 남편에게 말했던 옷값의 무수한 영들의
파랑 꽃맛

영을 앞세운 돌려막기의 마력 앞에서 나는 아직도
열대야였다
눈보라였다 해요.
남들은 하나같이 화사해 보이고요.

보이기 위한 행복을 찾아 헛꽃 우걱우걱 씹으면
그 맛 달통하려나 싶어
몇 다발 수국을 샀어요.

나는 아무래도 수국으로 태어날 것 같아요.

결, 기승전결

속독, 정독, 통독, 다독, 낭독, 묵독, 윤독, 발췌독, 강독,
숙독
  이 중
  내 독서법을 굳이 소개하자면
  먼저 책 뒷부분을 읽고 다시 처음부터 차근차근 읽는 것

  기승전결이 아니라
  결, 기승전결

  황금 거위나 솜을 진 당나귀의 열패감, 순수한 여인 테
스의 파국을
  구멍 숭숭 뚫린 운명을
  아름답고 평온한 피안으로 바꿀 수 있을 것처럼
  결, 기승전결

  슬프지만 돌이킬 수 없는 모래성의 나날에 휘몰아치던
난수표
  집에서도 전전긍긍

밖에서도 전전긍긍

전전긍긍이 키워준 야릇한 몰약
결, 기승전결
신이 건네준 이 엉뚱한 부적은 언제쯤 유효할 것이다.

구체성의 세계를 향한 싱싱한 감각들

한영옥(시인, 성신여대 명예교수)

1.

김선아 시인의 이번 시집을 읽어가던 중 가브리엘 마르셀의 '구체철학'을 은연중에 떠올리게 되었다. 철학자 김형효 선생의 글을 통해 마르셀과 만났던 시간의 여운이 조금씩 밀려왔기 때문이다. 그 여운을 지우지 않고 시편들을 읽어나가기로 했다.

물론 시인의 시 세계가 그의 철학과 정확하게 겹칠 수는 없다. 사실 마르셀의 사유는 상당히 비의적이다. 다만 두

텍스트들 간의 마주침을 경험했던 그 자리를 떠올리며 풍요롭게 시를 읽어볼 수 있으리라는 기대를 가져볼 뿐이다. 거칠고 간단하게나마 마르셀의 사유를 일별하기로 한다.

　20세기 프랑스 실존주의 계열의 철학자 가브리엘 마르셀은 '추상작용'의 '추상정신'이 저지르기 쉬운 폭력성에 대해 예민하게 반응했다. 인간이 지닐 수 있는 다양한 성향을 배제하고 하나의 사실만 확대 재생산하는 행위를 '추상작용'이라고 본 것이다. 추상작용은 폭력을 낳고 격정적 성향을 발산하며 열광주의(fanatisme)에 빠지게 한다. 이 위험에서 벗어나도록 그는 특유의 '구체철학'을 설파한다. 구체적 접근을 통해 존재하는 대상과의 관계를 면밀하게 탐구하려는 것이다. 이때 그는 나의 실존이 세계에 존재하는 방식으로서의 '느낌'과 '관여'의 중요성을 환기시킨다. 느낌은 오류 없는 순수한 지각이다. 그러나 사유로 나가는 단계를 밟지 않으면 소실되고 만다. 생생한 삶은 개념적 사유보다 훨씬 다채롭지만 개념적 사유를 입어야 해명되는 모순을 지닌다. 최선의 방법은 때 묻지 않았던 원초적 상태, 느낌의 상태를 최대한 보존함으로써 존재가 풍요롭게 현현되도록 사유의 힘을 작동시키는 것이다. 즉, 사유의 관여(participation)가 요구된다. 관여한다는 것은 객관적 질서 이전의 행위로써 존재 속에 잠겨 드는 것이다. 이 행위를 통해 인간은 우주와 나의 얽힘을 체험한다. 관여한다는 것은 받아들이는 것, 환대하는 것으로서의 능동적 수용 행위이다. 이와 같은 사유의 길은 정신이 갈망하고 찾고자 하는 것을 탐색하는 '능산적 사유'의 여정 바로 그것이다.

개인의 경험세계는 승화되어 보편적 세계에 이르게 되는데 이 과정에서 새로운 창조의 세계가 열리는 것이다. 작가이기도 했던 그는 사유과정을 설명하는 절차에서 예화例話를 즐겨 사용한다. 이 또한 구체철학의 한 모습일 것이다. 마르셀은 추상정신의 폭력, 닫힌 세계의 감옥으로부터 뛰쳐나와 깨어짐 없었던 본래의 세계를 찾아가는 여정의 형이상학자였다. 또한 '느낌', '관여', '능산적 사유', '촉감'과 같은 길라잡이를 통해 고통과 희망을 섞으며 충만한 삶에 함께 이르고자 했던 목자였다.

2.

이번 시집 『하얗게 말려 쓰는 슬픔』의 시편들은 대부분 경험의 구체성, 그 자장 안에서 멀리 가지 않는다. 경험세계가 몰려드는 순간, 그 생동감을 다치지 않고 살려내려 한다. 가능하면 관념의 굳어진 문지방을 넘지 않으려는 것이다. 대부분의 시가 길지 않으면서도 단숨에 달려가는 산문 형식을 선호하는 것은 이와 관련된다. 행과 연을 통해 연마하는 동안 소실될지도 모르는 구체성을 확보하려는 장치일 것이다. 구체성을 놓치지 않으려는 것은 주장이 내세워지는 위험을 최소화하려는 시인의 의지로 읽힌다. 이 시집에서 시인은 싱싱한 감각을 순간순간 작동시키며 세계와 만나는, 혹은 만났던 첫 접촉의 지점을 겨냥하기 위하여 고투한다. 때문에 시편들은 세계가 편견에 의해 훼손되기 이전의 싱싱함에 닿아 그 진면목을 탐사하려는 꿋꿋하고 힘찬 의지들로 내내 유지된다.

> 내 노래는 미완성. 내 혀는 비눗방울. 혀 속에서 우글거리는 거품은 흉몽이었다. 목숨이 흙에 파묻혀도 진실을 노래한 자의 혀는 끝끝내 싱싱할 거라던 옛이야기를 먼 폭포에 가서야 확인했다. 깊은 산속 폭포수의 혀는 싱싱하였고, 거침없는 진성眞聲으로 내 혀의 흉몽을 큰북 치듯 쳐댔다. 마침 폭포수 뒤편에 둥지 튼 붉은깃찌르레기 소리, 나지막이 들려왔다. 붉은 깃의 그 새소리는 먼저 진심을 내밀고, 그 다음엔 심장을. 그 다음엔 혀 내밀기를 반복하며 곡조를 완결해가고 있었다. 다음 또 그 다음 생의 진심까지 빌려와도 여전히 허탈한 가성假聲이고 비눗방울인 내 혀는 언제쯤 그 완결본의 진실을 알아챌 수 있을까.
>
> ─「싱싱한 혀를 꿈꾸다」 전문

시 속에는 '싱싱한 혀'의 감각을 간절하게 꿈꾸는 이, 곧 시인이 있다. 이 시집을 이끌어가는 출사표로 읽어도 좋으

리라. 사실 '싱싱한 혀'는 시인이 본래 지니고 있었던 기관이다. 다만 어느 순간인가 잃어버린 기관일 뿐이다. 때문에 더욱 간절하게 그 회복을 꿈꾸는 것이다. 시인은 소리의 대가들이 목청을 찾으러 간다는 폭포수를 찾아가 "흥몽"이 되어버린 자신의 미욱한 감각을 질타한다. 곧 "허탈한 가성"은 폭포수의 "진성"과 대비되며 더욱 반성을 촉구한다. 더구나 폭포수의 뒤편 그 험한 곳에 "둥지 튼", "붉은 깃찌르레기"의 "곡조를 완결해"가는 모습은 부끄러움을 가중시킨다. 그럼에도 이 텍스트 안에서 '싱싱한 혀'는 끝내 유보된다. 이 시가 보여주려는 것은 부지런한 성찰과 인식의 재충전, 그것에 대한 촉구다. 그리하여 자신의 시적 지향을 안이하게 방치하지 않으려는 각성, 그것의 직접적 발현이다. 때문에 출사표로서의 시라는 명명이 가능해진다.

> 빽빽하던 모래가 회오리친다. 고비사막도 뿌리치고 싶은 육신을 지녔음이 분명하다. 태풍 바비에 이어 마이삭이 몰려온다. 하늘도 칙칙하고 둔한 찌꺼기를 울컥 비워낸다. 사마귀에겐 먹어치우기도 하고 먹히기도 하는 그 공허의 순간이 화양연화다. 죽었다 깨나도 패대기칠 수 없는 이 풍진 세상이라니. 영혼 속 내장, 똥 다 발라내어 끓이는 멸치 육수 같은 육탈의식을 나는 특별히 편애한다.
>
> — 「나의 편애」 전문

무언가 휙 끼쳐오며 갑자기 몸을 시원하게 비워내주는 듯한 촉감이 오래 남는다. 사막이 일으키는 회오리바람, 먹고 먹히는 순간의 공백, 육탈된 맑은 멸치 국물은 주체가 꿈꾸는 경지에 대한 이미지 다발이다. 꿈의 세계는 정작 꿈속에 있는 것이라기보다는 이렇게 구체적인 현실, 곳곳에 편재하며 이미지를 투사한다. 시인은 이것을 포획해야 하는 사냥꾼이다. 곳곳에 편재하는 본질, 그 아련한 자취를 느낌으로 마중하고 시적 사유로 바꾸는 것, 곧 시작詩作이다. 이때의 사유는 꿈이 손상되지 않도록 추상의 정신을 피해가는 능산적 사유가 된다. 주체가 능동적으로 생산하는 아직 때 묻지 않은 사유인 것이다. 나의 "편애"는 정작 편애가 아닌 보편적 세계를 지향하려는 주체의 자세를 올곧게 지시한다. 비워낼 수 있을 만큼 비워내며 대상에 잠겨드는 관여의 행동학, 그 역동성을 잘 보여주는 작품이다. 작품에 내장된, 시원하게 몸을 훑고간 촉감들은 본질의 깊이를 직접 몸에 전하는, 살(chair)현상학을 지시하기에 충분하다.(가브리엘 마르셀은 시각보다는 온몸으로 잠겨드는, 스며오는 촉감을 통해 몸의 영혼성을 느끼게 된다고 말한다.)

늙은 낙타의 털이 살가죽과 한목에 주르륵 벗겨지고 있었다. 울음소리도 함께 벗겨지고 있었다. 벗겨진 울음소리의 행방은 모래알. 그 모래알을 새끼낙타가 혀로 살살 핥아내고 있었다. 새끼낙타 종아리 힘 풀려 무릎 꿇게 될까 봐 그 벗겨진 울음소리는 속으로 하나, 둘, 셋, 단전의 힘까지 끌어모아 숫자를 세기 시작했다. 아홉쯤이었을까. 모래알과 모래알 사이 켜켜이 쌓인 사막을 새끼낙타가 등짐처럼 지고는 불끈 일어섰다.

언제부터인가 사막에서는 생살 다 드러난 울음소리를 검은꼬리사막딱새 앞에 던져줘도 먹지 않는다 했다.

—「사막」 전문

활달하고 선 굵은 이미지의 거침없는 운용은 이번 시집의 특장이다. 「사막」에서도 그 면목은 잘 드러난다. 존재의 본질에 닿고자 하는 욕망은 이처럼 대상의 비극적 정황에 관여하며 그 처참성을 자신의 것으로 내면화한다. 메마른 사막의 모래알들과 삶과 죽음의 교차, "벗겨진 울음소리"가 쓰라리고 아픈 촉감으로 오래 남는다. 늙은 낙타의 죽음, 그것도 "주르륵 벗겨진" 죽음의 감각이 섬찟 피부에 닿는 것이다. 여기서 "울음소리"는 자신의 죽음을 예감하는 포효가 아닌 "새끼낙타"를 염려하는 어미로서의 애절한 울음이다. 그래서 육체가 벗겨진 이후에도 울음소리는 사라지지 못하고 모래알로 남는다. 결국 새끼낙타가 발을 딛고 "불끈" 일어서게 하는 이 울음소리는 누구에게도 "먹이"가 되지 않는 숭고의 표식이 되어 사막에 꽂힌다. 사막은 죽음과 숭고가 교차되는 입체적 공간이 된다.

앞에서 마르셀이 그의 사유를 예화例話를 통해 전개하는 경우가 많다고 말했었다. 김선아의 시편들에도 아름다운 예화가 가끔 등장하는데 구체성의 미학을 보여주기에 아주 적절하다.

경상도 어디에서 국밥집 한다는 부부가 몽골 여행에 왔습니다. 여행 내내 그 남자는 소 잔등 같은 여자 손을 꼭 잡고 다녔습니다. 버스에 오를 때는 '저 푸른 초원 위에' 같은 트로트를 구슬프게 불러제꼈습니다. 좋다, 잘한다, 손뼉까지 치며 그 여자는 어미 소 울음 같은 추임새를 넣곤 하였습니다. 색안경이 필수인 눈부신 여행지이긴 하였지만, 그 남자의 시력과 그 여자의 청력이 쓰고 있던 색안경 덕분에 초원의 빛은 한층 쾌청하였습니다.

―「쾌청」 전문

삶에서 어느 한 순간은 이처럼 유토피아가 된다. 무릇 시인은 유토피아의 순간을 응축하여 디스토피아의 일상에 빛을 보내주는 구원자일 때가 있다. 부부의 금슬이 "초원의 빛"으로 번져나가며 한 세계가 눈물겹게 건설된다. 대상화된 "국밥집 한다는 부부"는 주체의 안목 안에서 가감을 겪지 않고 있는 그대로의 모습으로 놓인다. "소 잔등 같은 여자의 손"과 "소 울음 같은 추임새"의 정황은 그 자체로 보는 이의 몸을 적셔준다. 시인은 온몸으로 "쾌청"을 실감하며 추억을 꺼내준 것이다.

여행지에서 목격된 어떤 부부의 금슬 좋은 행동은 슬며시 유토피아를 짐작시킨다. 마치 영화의 한 장면인 듯 흐뭇하지 않은가. 이 "쾌청"한 순간, '쾌청'은 시각으로 오는가, 청각으로 오는가. 여기서는 시각과 청각의 겹침뿐 아니라 온몸으로 오는 촉각의 기쁨까지가 가능하다. 세계의 진실은 이렇듯 소박함 속에서 불현듯 드러나는 것이리라. 소박함의 아름다움에 푹 젖는다.

3.

이제 시인이 대상을 향해 깊이 침전해가는, 그러나 지극한 조심스러움으로 스며들어가 그 어깨에 손을 얹어주는 따뜻한 작품을 읽기로 한다.

> 대학에 자퇴서를 낸 형이 한강철교를 건널 때 무지개를 봤으면 해.

> 빙벽 능선에서 남풍을 만나 함께 동행할 만한 기다란 의자가 무지개였으면 해.

> 다리 넷이 푹푹 빠져드는 늪이어도 심장을 꿈틀거리게 하는

그 꿈, 틀,이 형이 든 가방에 들어차 있었으면 해.

형, 곧 환승역이야.

풀린 운동화 끈 다시 조여 맬 굵은 손마디 같은 의자가 그 역
에 있었으면 해.

갈아탄 그 지하철 다다음 역쯤에서 의기소침한 형 앞에 빈자
리 생겼으면 해.

아니, 지금쯤 형과 무지개가 그 자리를 서로 양보하는 중이었
으면 해.
　　　　　　　　　　　　　　　　—「형, 곧 환승역이야」 전문

대상에게 힘을 주려는 간절함이 조근조근 배어 있다. 혹
여 부담이 될까하여 "……면 해"라는 목소리의 조심성이
천천히 흐른다. 이처럼 부드러운 목소리가 와줄 때 누군들
위로받지 않으랴. "대학에 자퇴서를 낸 형"의 사정은 구구
할 것이다. 다만 이 상황을 알고 있는 사람은 그냥 지나칠
수 없다. 이 시에서 반복되는 "무지개"는 관여하는 사람의
마음 도량이 담긴 하나의 지표다.
　한편 이 시에서의 전경화 역시 촉감으로 세워진다는 사
실에 주목해본다. 곧 "꿈, 틀"이다. 심장의 꿈틀거림은 사
람을 언제나 다시 일어서게 하는 힘이다. 바로 "환승역"으

로 데려가는 힘이다. "형이 든 가방 속에 들어차" 있기를 바라는 심장의 박동 속에는 주체가 보내는 무지개도 있을 것이다. "의기소침"을 두드려 깨워 꿈틀거리게 하려는 마음이 목소리의 조심성에 힘입으며 간절해지고 있다. 시인이 보여주곤 하는 가감 없는 촉감의 시학은 진실을 구체화하려는 그만의 방법이기도 하다.

위의 시에서와 같은 깊이의 풍경을 보여준 작품을 더 보기로 한다. 하나의 예화로도 읽히는 사실성, 구체성이 남겨주는 여파餘波가 오래도록 남는 「사춘기」를 읽는다. 이번에는 타자에게 자아가 수용되는 따뜻한 절차를 감각적으로 보여주는 예가 된다.

종로4가 먼 친척집에서 중학교를 다닐 때였습니다. 하숙이라 말씀드렸으나 선생님은 굳이 가정방문을 오셨습니다. 후에야 알았습니다. 그곳은 홍등가. 마침 주인아주머니는 외출 중이어서 복숭아를 예쁘게 깎아내 온 건 아래채 경이 언니였습니다. 조그마한 복사꽃 빛깔 무릎 앞에서 선생님 손등은 점점 붉어져갔습니다. 여름방학 무렵, 선생님이 건네주신 편지를 경이 언니에게 건네자, 편지의 분홍빛 물감이 스르르 번져 내 하얀 치마에까지 옮아왔고, 하필 나는 그날 그 하얀 치마에 초경을 쏟았습니다. 그러자 경이 언니는 안절부절못하고 흐느끼는 내 초경을 삶아 하얗게 말려주었습니다.

슬픔이란 삶아서 하얗게 말려 쓰는 것임을 그때 알았습니다.
— 「사춘기」 전문

모든 의미는 사후에 결정된다고 하지 않던가. 경험은 당장 해석되기보다 사후에 더욱 구체적으로 해석되게 마련이다. 이 작품의 경우도 그렇다. "홍등가"라는 불편한 장소가 오히려 "복사꽃 빛깔 무릎"과 붉어지는 "손등" 그리고 "편지의 분홍빛"이라는 감각의 회고와 더불어 전혀 부정적으로 전해지지 않는다. 경이언니와 선생님의 감정에서부터 나의 "초경"까지의 경과를 "점점 붉어져", "스르르 번져", "흐느끼는", "하얗게" 등의 감각어를 동원, 잔잔한 서사로 만들어내고 있다. 이렇게 서사는 건너뛰며 압축하는 표현의 힘에 의해 서정으로 화하며 감동의 힘을 배가하기도 한다.

본문에서는 한번도 '사춘기'라는 말을 사용하지 않았다. 바로 시의 분위기가 보여주는 그날 그곳의 유일무이한, 고유한 분위기의 '이것임'을 사춘기로 형상화하고 있다. 사춘기라는 단어가 지시하는 세계가 그대로 고요하게 현전된 것이다. "슬픔"이 배인 분위기가 "하얗게" 마르며 보송보송해지는, 그런 순결한 감각을 선사받는다.

4.

이 자리에서는 김선아 시인의 '험한 세상 보기'를 뒤따

라가 본다. 시인은 되도록 세상을 품어 다독이려 하지만 날카롭게 돌출된 사각지대는 짚고 넘어가려 한다. 이 지점에서 시편들은 비판적 시각을 마다하지 않는다. 야유의 시선을 거침없이 던지면서도 특유의 감각적 형상화를 통해 단정하게 마무리된 매무시를 보기로 한다.

> 지구 한쪽 어디에선가 게르니카가 자행되고, 그 야만과 참혹을 누군가는 촬영하여 전시하고 판매하고, 또 누군가는 교양인의 안목으로 전시장을 찾는다. 폭발음 속에서 반쯤 찢긴 치마춤과 끝까지 아이를 놓지 않으려는 한 여인의 손등에 밴 핏발, 멀찍이 나동그라지고 짓밟힌 어린아이의 주먹만 한 신발, 숨 몰아쉬면서도 손가락 세 개를 꼿꼿이 펼쳐 든 청년의 어깨를 어루만지는 햇발. 그 처연한 발들이 클로즈업된 작품을 쓱 훑어본 나는, 전시장 2층 레스토랑에 앉아 노을이 잠드는 시간을 뒤적거리며 스테이크를 주문했다.
>
> —「이명」 전문

 전쟁의 참상을 노골적으로 펼쳐놓고 관람객을 기다리는 사진 전시회는 스펙타클을 조장하고 소비하는 문화산업의 일환이다. 타인의 고통을 시각적 쾌락 속으로 밀어 넣는 전시장과 이를 소비해주는 "교양인의 안목"과 등치된 "나"는 동시적으로 비웃음 아래 놓인다. 물론 비웃음의 주체는 "나"다. 나는 자본주의를 성실하게 살아가는 아이러니한 사람이다. "처연"이 "크로즈업"된 고통의 장면들을 "쓱 훑어" 지나가며 "나"는 "전시장 2층 레스토랑에서(…중략…) 스테이크를 주문"하는 사람인 것이다. 이런 "나"를 응시하며 스스로를 향한 야유의 시선을 내재화한다.

제목 「이명」이 암시하는 대로 이 시의 냉철한 산문성은 귓속에서 웅웅거리는 알아듣기 어려운 기호들로 표상된다. 귓속을 괴롭히는 이명처럼 우리를 괴롭게 만드는 현대상現代狀을 가리키는 기호일 것이다.

"고통받는 육체가 찍힌 사진을 보려는 욕망은 나체가 찍힌 사진을 보려는 욕망만큼이나 격렬"한 것이라는 수잔 손탁의 『타인의 고통』에서의 일침이 환기되는 건 다시 고통스럽다.

다른 시의 경우를 더 보며 이 세계의 민망함에 대해 제대로 깨우쳐보기로 한다.

으깨진 미꾸라지는
불판 위 삼겹살은
가마솥 영양탕은

먹지 않는다.

분쇄기에 낀 당근을
데쳐진 시금치를

밑동 구멍난 붉은 고로쇠를

먹는다.

모가지 댕강 잘린
장미 한 송이
식탁에 꽂고

먹는다.

　　　　　　　　　　　—「행복한 채식주의자」 전문

　이 시에서 '채식주의자'는 일종의 제유다. 채식주의자를
탓하려는 것이 아니라 무슨무슨 주의라는 주장들이 만들
어내는 추상작용의 자가당착을 냉정하게 돌아보고자 하는
것이다. 무엇무엇이라고 그 범위를 확정해버리는 순간, 그
범위에 해당하는 것도 해당 밖의 것도 함께 피를 흘리게
된다. '먹는다'와 '먹지 않는다'로 간결하게 분별되는 세계
를 살아가는 사람을 시인은 행복한 사람이라고 역설적으
로 말하고 싶은 것이다. 근년에 유행하는 '채식주의'를 빌
려 그 외연을 확장한 작품이다. 행간의 의미, 쓰여지지 않
은 흰 글씨가 더 많은 밀도 높은 작품이라 하겠다.

　다음의 경우에도 시인의 비판적 시선은 날카롭게 번진다.

꽃 보면 무가내로 들이미는 사람들

수법도 가지가지

부릅뜬 카메라

비릿한 입 냄새

날렵한 손모가지

거울을 들여다본 적 없는 꽃은

제 얼굴인 줄 착각했을 거야

그래서 지는 걸 거야

저리도 시름시름 지는 걸 거야.

─「화무십일홍」 전문

시인은 카메라에 시달리고 있는 "꽃"의 입장이 되어보기로 한다. "…… 거야"라고 거듭 망설이며 입을 떼어본다. 대신에 "비릿한 입 냄새"나 "날렵한 손모가지"와 같은 거친 감각어로 상황을 구체화시킨다. 여기서 '화무십일홍'은 그

간의 우리가 알던 의미에서 훌쩍 벗어난다. 시인의 날카로운 안목 안에서 새로 피어난 단어라 하겠다. 새 단장을 마친 의미로부터 우리는 찔리고 만다.

'꽃'의 현존은 피어난 그곳으로부터 옮겨지는 순간 상실된다. 피어난 그곳의 모든 조건들이 합세된 것이기 때문이다. 즉, 모든 존재는 하나의 분위기로서 현존하는 것이다. 인간들은 꽃밭에 들어가 그 꽃을 꺾고, 찍으며 고유한 분위기를 깬다. 자연을 자연스럽게 놔두지 못하는 인간의 무책임하고 소란스러운 행위들이 텍스트 밖의 저쪽에서 왁자지껄하게 밀려오는 듯하다.

5.

보아온 대로 김선아의 시는 구체적 감각작용을 통해 형상화된다. 감각들은 신체와 정신의 상호작용을 활발히 이끌며 풍경이나 상황의 구체성에 닿곤 한다. 자신의 지향과 호응하는 대상 세계를 탐색하며 본질적인 것과 대면하고자 무던히 애쓴 흔적, 바로 그의 시편들이었던 것이다. 때문에 시편들을 읽으며 구체적 경험세계에 대한 추체험과 아울러 스며들며 잠기는 관여로서의 미학을 떠올리며 풍성한 촉감의 향연에 참석하는 기쁨을 누릴 수 있었다. 가감 없는 생생한 살의 느낌으로 세계의 진면목, 진실에 닿고자 하는 시인의 의지는 이미 내 안에 들어와 있을 진면목을 스스로 감지하려는 것이었으리라. 몸의 감각은 곧 세계의 감각이라는 믿음, 이 자리에서 다시금 시인이 꿈꾸는 감각의 힘, 촉감의 힘을 확인하며 마무리에 들어가기로 하겠다.

> 꽁꽁 뭉쳐진 매듭을 풀 땐 키스가 직방이다. 엄동의 쇠사슬 끊어내는 드릴처럼 감동 없이 소리만 요란한 키스, 염화칼슘 몇 포대처럼 몸만 달구는 키스는 겁 많은 우회도로 같다. 결빙의 시대에, 빙벽 북사면을 설득할 해빙 의식은 첫 키스의 감촉만 한 게 없다. 겨울나라를 해방시키는 일은 무림 최고수의 검법과 통하고, 첫 키스의 서사를 지녔다. 그 나라 비밀 목록에 다 나와 있다. 복수초가 좁쌀만 한 혀 내밀면, 냉혈의 내가 먼저 그 혀 받아들이고 싶다. 첫 키스의 행적마다 내 혈액이 찍혀 있을 것이다.
>
> 첫 키스의 상대는?
>
> 복수초 꽃대 고개를 살짝 돌린다.
>
> ―「첫 키스」 전문

"키스가 직방이다"라고 단언하고 있다. "첫 키스의 감촉만 한 게 없다"고 도발적으로 말하고 있다. 키스는 인간이 대상에 잠겨드는 그야말로 직방의 감촉이다. 그래서 "복수초가 좁쌀만 한 혀 내밀면 냉혈의 내가" 받아들이겠다는 것이다. 그러나 이미 나의 키스는 첫 키스가 아니기에 사물들은 "고개를 살짝 돌"리고 만다. 시인은 다시금 위축된다. "어떤 핏물 헌정해야 아름답게 번져오는 저녁노을 꺼트리지 않을까요/아, 단 하루만이라도/어떤 슬픔 꺼내야 거대하게 밀려오는/어둠/씻어낼 수 있을까요(「아, 단 하루만이라도」 부분)"라고 간절해진다. 대상의 현존을 상처내지 않고 보존하려는, "어둠"을 씻어내려는 간절함은 내내 시 쓰기의 바탕을 이루고 있었다. 이는 때 묻지 않은 감각의 회복, '첫 키스'를 복원하려는 간절함이 아니겠는가.

6.

결국 시인의 시 쓰기는 내내 '싱싱한 혀'를 꿈꾸는 도정이었음을 이제 다시 확인한다. 물론 꿈은 끝내 유보될 것이다. 꿈은 시인을 움직이게 하는 동력이기 때문이다. 완결되지 않은 꿈을 앞세우며 걸어가는 당당한 걸음의 곳곳에서 감촉해낸 섬뜩한 세계의 현현, 여기서 이미 김선아의 시편들은 충분히 존재감을 지닌다. 시인의 여정에 실리며 풍요한 촉감들을 추체험하며 함께 시야를 넓혀가는 기쁨을 흔쾌히 누릴 수 있었다.

김선아

1955년 충남 논산 출생.
동국대 국어국문학과 졸업.
2011년『문학청춘』으로 등단.
시집『얼룩이라는 무늬』.
김명배문학상 수상.

서정시학 시인선 196

하얗게 말려 쓰는 슬픔

2022년 9월 26일 초판 1쇄 발행

지 은 이 · 김선아
펴 낸 이 · 최단아
편집교정 · 정우진
펴 낸 곳 · 도서출판 서정시학
인 쇄 소 · ㈜ 상지사
주 소 · 서울시 서초구 서초중앙로 18, 504호(서초쌍용플래티넘)
전 화 · 02-928-7016
팩 스 · 02-922-7017
이 메 일 · lyricpoetics@gmail.com
출판등록 · 209-91-66271

ISBN 979-11-92580-02-9 03810

계좌번호: 국민 070101-04-072847 최단아(서정시학)
값 13,000원

서정시학 시인선 목록

001 드므에 담긴 삽   강은교, 최동호
002 문열어라 하늘아   오세영
003 허무집   강은교
004 니르바나의 바다   박희진
005 뱀 잡는 여자   한혜영
006 새로운 취미   김종미
007 그림자들   김 참
008 공장은 안녕하다   표성배
009 어두워질 때까지   한미성
010 눈사람이 눈사람이 되는 동안   이태선
011 차가운 식사   박흥점
012 생일 꽃바구니   휘 민
013 노을이 흐르는 강   조은길
014 소금창고에서 날아가는 노고지리   이건청
015 근황   조항록
016 오늘부터의 숲   노춘기
017 끝이 없는 길   주종환
018 비밀요원   이성렬
019 웃는 나무   신미균
020 그녀들 비탈에 서다   이기와
021 청어의 저녁   김윤식
022 주먹이 운다   박순원
023 홑소리 여행   김길나
024 오래된 책   허현숙
025 별의 방목   한기팔
026 사람과 함께 이 길을 걸었네   이기철
027 모란으로 가는 길   성선경
029 동백, 몸이 열릴 때   장창영
030 불꽃 비단벌레   최동호
031 우리시대 51인의 젊은 시인들   김경주 외 50인
032 문턱   김혜영
033 명자꽃   홍성란
034 아주 잠깐   신덕룡
035 거북이와 산다   오문강
036 올레 끝   나기철
037 흐르는 말   임승빈
038 위대한 표본책   이승주
039 시인들 나라   나태주
040 노랑꼬리 연   황학주
041 메아리 학교   김만수
042 천상의 바람, 지상의 길   이승하
043 구름 사육사   이원도
044 노천 탁자의 기억   신원철
045 칸나의 저녁   손순미
046 악어야 저녁 먹으러 가자   배성희
047 물소리 천사   김성춘
048 물의 낯에 지문을 새기다   박완호
049 그리움 위하여   정삼조
050 샤또마고를 마시는 저녁   황명강
051 물어뜯을 수도 없는 숨소리   황봉구
052 듣고 싶었던 말   안경라
053 진경산수   성선경
054 등불소리   이채강

055 우리시대 젊은 시인들과 김달진문학상　　　　이근화 외
056 햇살 마름질　　　　김선호
057 모래알로 울다　　　　서상만
058 고전적인 저녁　　　　이지담
059 더 없이 평화로운 한때　　　　신승철
060 봉평장날　　　　이영춘
061 하늘사다리　　　　안현심
062 유씨 목공소　　　　권성훈
063 굴참나무 숲에서　　　　이건청
064 마침표의 침묵　　　　김완성
065 그 소식　　　　홍윤숙
066 허공에 줄을 긋다　　　　양균원
067 수지도를 읽다　　　　김용권
068 케냐의 장미　　　　한영수
069 하늘 불탱　　　　최명길
070 파란 돛　　　　장석남 외
071 숟가락 사원　　　　김영식
072 행성의 아이들　　　　김추인
073 낙동강 시집　　　　이달희
074 오후의 지퍼들　　　　배옥주
075 바다빛에 물들기　　　　천향미
076 사랑하는 나그네 당신　　　　한승원
077 나무수도원에서　　　　한광구
078 순비기꽃　　　　한기팔
079 벚나무 아래, 키스자국　　　　조창환
080 사랑의 샘　　　　박송희
081 술병들의 묘지　　　　고명자
082 악, 꽁치 비린내　　　　심성술
083 별박이자나방　　　　문효치
084 부메랑　　　　박태현
085 서울엔 별이 땅에서 뜬다　　　　이대의
086 소리의 그물　　　　박종해
087 바다로 간 진흙소　　　　박호영
088 레이스 짜는 여자　　　　서대선
089 누군가 잡았지 옷깃,　　　　김정인
090 선인장 화분 속의 사랑　　　　정주연
091 꽃들의 화장 시간　　　　이기철
092 노래하는 사막　　　　홍은택
093 불의 설법　　　　이승하
094 덤불 설계도　　　　정정례
095 영통의 기쁨　　　　박희진
096 슬픔이 움직인다　　　　강호정
097 자줏빛 얼굴 한 쪽　　　　황명자
098 노자의 무덤을 가다　　　　이영춘
099 나는 말하지 않으리　　　　조동숙
100 닥터 존슨　　　　신원철
101 루루를 위한 세레나데　　　　김용화
102 골목을 나는 나비　　　　박덕규
103 꽃보다 잎으로 남아　　　　이순희
104 천국의 계단　　　　이준관
105 연꽃무덤　　　　안현심

106 종소리 저편   윤석훈
107 칭다오 잔교 위   조승래
108 둥근 집   박태현
109 뿌리도 가끔 날고 싶다   박일만
110 돌과 나비   이자규
111 적빈赤貧의 방학   김종호
112 뜨거운 달   차한수
113 나의 해바라기가 가고 싶은 곳 정영선
114 하늘 우체국   김수복
115 저녁의 내부   이서린
116 나무는 숲이 되고 싶다   이향아
117 잎사귀 오도송   최명길
118 이별 연습하는 시간   한승원
119 숲길 지나 가을   임승천
120 제비꽃 꽃잎 속   김명리
121 말의 알   박복조
122 파도가 바다에게   민용태
123 지구의 살점이 보이는 거리 김유섭
124 잃어버린 골목길   김구슬
125 자물통 속의 눈   이지담
126 다트와 주사위   송민규
127 하얀 목소리   한승헌
128 온유   김성춘
129 파랑은 어디서 왔나   성선경
130 곡마단 뒷마당엔 말이 한 마리 있었네 이건청
131 넘나드는 사잇길에서   황봉구
132 이상하고 아름다운   강재남
133 밤하늘이 시를 쓰다   김수복
134 멀고 먼 길   김초혜
135 어제의 나는 내가 아니라고 백 현
136 이 순간을 감싸며   박태현
137 초록방정식   이희섭
138 뿌리에 관한 비망록   손종호
139 물속 도시   손지안
140 외로움이 아깝다   김금분
141 그림자 지우기   김만복
142 The 빨강   배옥주
143 아무것도 아닌, 모든   변희수
144 상강 아침   안현심
145 불빛으로 집을 짓다   전숙경
146 나무 아래 시인   최명길
147 토네이토 딸기   조연향
148 바닷가 오월   정하해
149 파랑을 입다   강지희
150 숨은 벽   방민호
151 관심 밖의 시간   강신형
152 하노이 고양이   유승영
153 산산수수화화초초   이기철
154 닭에게 세 번 절하다   이정희
155 슬픔을 이기는 방법   최해춘
156 플로리안 카페에서 쓴 편지 한이나

157 너무 아픈 것은 나를 외면한다　　　　　이상호
158 따뜻한 편지　　　　　　　　　　　　　이영춘
159 기울지 않는 길　　　　　　　　　　　　장재선
160 동양하숙　　　　　　　　　　　　　　　신원철
161 나는 구부정한 숫자예요　　　　　　　　노승은
162 벽이 내게 등을 내주었다　　　　　　　　홍영숙
163 바다, 모른다고 한다　　　　　　　　　　문　영
164 향기로운 네 얼굴　　　　　　　　　　　배종환
165 시 속의 애인　　　　　　　　　　　　　금동원
166 고독의 다른 말　　　　　　　　　　　　홍우식
167 풀잎을 위한 노래　　　　　　　　　　　이수산
168 어리신 어머니　　　　　　　　　　　　　나태주
169 돌속의 울음　　　　　　　　　　　　　　서영택
170 햇볕 좋다　　　　　　　　　　　　　　　권이영
171 사랑이 돌아오는 시간　　　　　　　　　문현미
172 파미르를 베고 누워　　　　　　　　　　김일태
173 사랑혀유, 강　　　　　　　　　　　　　김익두
174 있는 듯 없는 듯　　　　　　　　　　　　박이도
175 너에게 잠을 부어주다　　　　　　　　　이지담
176 행마법　　　　　　　　　　　　　　　　강세화
177 어느 봄바다 활동성 어류에 대한 보고서　조승래
178 터무니　　　　　　　　　　　　　　　　유안진
179 길 위의 피아노　　　　　　　　　　　　김성춘
180 이혼을 결심하는 저녁에는　　　　　　　정혜영
181 파도 닿는 아바이　　　　　　　　　　　박대성
182 고등어가 있는 풍경　　　　　　　　　　한경용
183 0도의 사랑　　　　　　　　　　　　　　김구슬
184 눈물을 조각하여 허공에 걸어 두다　　　신영조
185 미르테의 꽃, 슈만　　　　　　　　　　이수영
186 망와의 귀면을 쓰고 오는 날들　　　　　이영란
187 속삭이는 바나나　　　　　　　　　　　지정애
188 더러, 사랑이기 전에　　　　　　　　　김판용
189 물빛 식탁　　　　　　　　　　　　　　한이나
190 두 개의 거울　　　　　　　　　　　　　주한태
191 만나러 가는 길　　　　　　　　　　　　김초혜
192 분꽃 상처 한 잎　　　　　　　　　　　장　욱
193 웃는 연습　　　　　　　　　　　　　　박금성
194 일주일의 마법　　　　　　　　　　　　조영숙
195 세상을 사랑하는 법　　　　　　　　　　신원철